Analyse de l'œuvre

Par Audrey Huchon
et Marie-Sophie Wauquez

La Délicatesse

de David Foenkinos

lePetitLittéraire.fr

Rendez-vous sur lepetitlitteraire.fr et découvrez :

Plus de 1200 analyses
Claires et synthétiques
Téléchargeables en 30 secondes
À imprimer chez soi

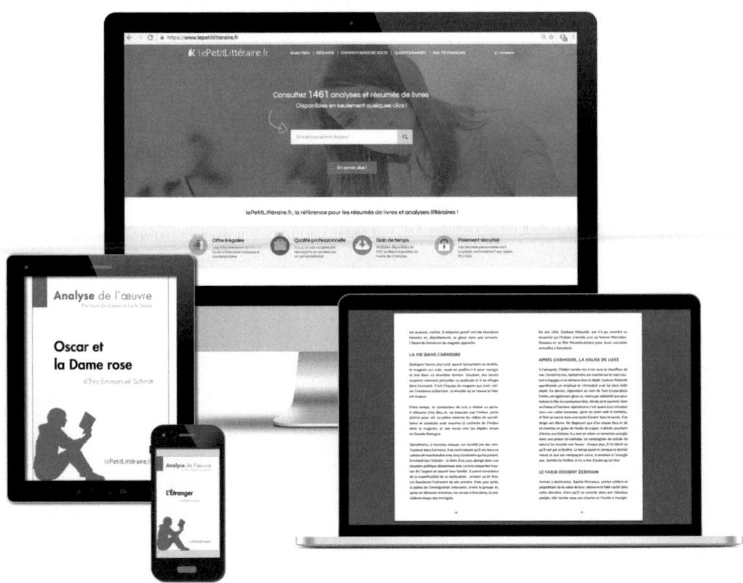

DAVID FOENKINOS

ROMANCIER FRANÇAIS

- **Né en 1974 à Paris**
- **Quelques-unes de ses œuvres :**
  - *Inversion de l'idiotie* (2002), roman
  - *Les Souvenirs* (2011), roman
  - *Charlotte* (2014), roman

Romancier et réalisateur français, David Foenkinos a suivi des études de lettres à la Sorbonne (Paris). Publié dès 2002 par Gallimard (puis par d'autres maisons d'édition), le romancier explore divers moyens d'expression, tels que le théâtre, la bande dessinée et le cinéma.

Il remporte de nombreux prix littéraires et s'attèle à l'adaptation cinématographique de ses propres œuvres (*La Délicatesse* en 2011), qui sont par ailleurs traduites dans une quinzaine de langues.

Écrivain populaire et auteur de nombreux bestsellers, David Foenkinos reste boudé par une partie des critiques littéraires qui lui reproche une écriture rudimentaire.

LA DÉLICATESSE

UNE ŒUVRE DÉBORDANTE D'ÉMOTION

- **Genre :** roman
- **Édition de référence :** *La Délicatesse*, Paris, Gallimard, coll. « Folio », 2011, 209 p.
- **1re édition :** 2011
- **Thématiques :** amour, coup de foudre, deuil, culpabilité, travail, jalousie

Paru chez Gallimard en 2009, *La Délicatesse* est le huitième roman de David Foenkinos. Imprimé à près de 100 000 exemplaires, l'œuvre suscite le vif intérêt du public et reçoit dix prix littéraires dont le prix Conversation ainsi que le prix des Dunes.

Il dépeint les relations amoureuses d'une femme avec trois hommes irrémédiablement attirés par elle : si elle vit tout d'abord une relation harmonieuse et paisible avec son mari François, le décès de ce dernier, qui la plonge dans une profonde dépression, l'amène à être courtisée par son supérieur Charles, pour lequel elle n'éprouve aucune attirance, puis par Markus, un collègue au physique ingrat aussi déroutant qu'attachant.

Caractérisée par sa légèreté, cette œuvre est composée de 117 très courts chapitres entrecoupés de petites annotations, d'extraits de chansons ou de remarques diverses. Elle a aussi la particularité de présenter des notes de bas de page apportant des informations supplémentaires sur l'histoire.

RÉSUMÉ

Le roman n'a d'autre découpage que ses 117 parties. Dans un souci de concision et de compréhension, nous avons décidé de subdiviser arbitrairement le texte en trois grandes sections selon les relations que Nathalie entretient avec les différents hommes qui jalonnent sa vie.

NATHALIE ET FRANÇOIS

François aborde Nathalie dans la rue. Ce n'est pas dans ses habitudes, mais il sent qu'elle est celle qu'il lui faut : elle accepte de boire un verre avec lui. Ainsi font-ils connaissance dans un bar où, contre toute attente, elle commande exactement la boisson que François espérait : un jus d'abricot, un choix atypique jugé « sympathique » par le jeune homme. Ils entament une relation amoureuse et s'entendent immédiatement, si bien qu'ils décident rapidement de se marier. Leur vie est simple et heureuse : elle prendra pourtant bientôt fin tragiquement avec le décès brutal de François.

Ayant terminé ses études, Nathalie postule dans une entreprise suédoise. Son *curriculum vitae*, et surtout sa photographie, attire d'emblée Charles Delamain, PDG de l'entreprise. Ce dernier l'embauche non sans arrière-pensées, et se révèlera bientôt être la cause de nombreux problèmes.

Un dimanche, alors que la jeune femme lit, François part faire son jogging dominical et lui susurre quelques mots à l'oreille. Malheureusement, il se fait renverser en traversant la rue et sombre dans le coma. La jeune femme est désemparée, d'autant qu'elle ne parvient pas à se remémorer les dernières paroles de son mari.

Une partie du roman est dédiée à la présentation de la personne qui a renversé François : Charlotte Baron, fleuriste. La jeune femme, rongée par la culpabilité, ne cesse de penser à l'accident et se retrouve liée à la souffrance de Nathalie : « Le ralenti de l'évènement revenait devant ses yeux d'une manière incessante, encore et encore le bruit de l'impact, et les fleurs étaient toujours là, au premier plan, lui brouillant la vue. » (p. 44-45)

NATHALIE ET CHARLES

François décède après être resté plusieurs jours dans le coma. Après l'enterrement de son mari, Nathalie, complètement anéantie, passe beaucoup de temps seule chez elle. Durant cette période de dépression, la jeune femme n'a de cesse de se remémorer sa relation avec son défunt mari, ce qui attise sa douleur.

Charles, son patron et admirateur secret, est son unique lien avec le monde extérieur : il vient régulièrement lui rendre visite et commence à se rapprocher physiquement d'elle. Dans le but de faire sortir Nathalie de sa léthargie, il la convainc de reprendre rapidement le travail, ce qu'elle fait trois mois après la mort de son mari.

Au fur et à mesure, Charles se montre de plus en plus insistant auprès de Nathalie : il lui offre une promotion (elle va désormais s'occuper d'une équipe de six personnes) et l'invite à diner. À cette occasion, Charles déclare son attirance pour la jeune femme, mais Nathalie refuse ses avances : elle lui explique en toute franchise qu'il ne lui plait pas, d'autant plus qu'il est marié. Aussi le souvenir de François est-il encore trop présent pour Nathalie qui se refuse à l'oublier.

La jeune femme se plonge dans le travail afin de ne plus penser à la mort de son mari et de mettre de côté sa culpabilité : elle est en effet persuadée qu'elle aurait dû l'empêcher d'aller courir ce matin-là. Un soir, elle accepte d'accompagner Chloé, l'une de ses collègues qui souhaite lui changer les idées, en soirée et se retrouve dans un bar où elle se fait aborder par un homme. Nathalie, qui vit encore dans le souvenir de François, prend la fuite.

NATHALIE ET MARKUS

Alors que son mari est décédé depuis trois ans, Nathalie embrasse subitement un homme au physique plutôt ingrat qui fait partie de son équipe de travail : Markus. Bien que cela ne soit pour elle qu'un acte irréfléchi (« Ce baiser, c'était la manifestation d'une anarchie subite dans ses neurones, ce qu'on pourrait appeler : un acte gratuit », p. 75), ce baiser est important pour Markus, secrètement amoureux d'elle. Il marque d'ailleurs le début d'une véritable histoire d'amour.

En effet, dès leur rencontre lors de son entretien d'embauche, l'homme est tombé sous son charme : « Il repensait maintenant à cette façon qu'elle avait eue de replacer ses mèches derrière l'oreille. C'était ce mouvement qui l'avait fasciné. » (p. 171) Pour Nathalie, en revanche, Markus est seulement un « objectif » dans l'entreprise : « Nathalie avait pour consigne d'embaucher un Suédois. Markus était donc là, à cause d'une histoire de quota. » (*ibid.*) Markus, très touché par ce geste, tente de comprendre les raisons qui ont poussées Nathalie à l'embrasser si soudainement sur leur lieu de travail, mais ni lui ni le lecteur n'auront de véritables éléments de réponse.

Le lendemain, le jeune homme espère croiser Nathalie afin de lui parler de ce qu'il s'est passé. Après de multiples tentatives pour créer un « faux hasard » (p. 80), il décide enfin d'aller à la rencontre de la jeune femme et de l'embrasser en retour. Nathalie n'a pas le temps de réagir sur le moment mais ce baiser provoque chez elle des sentiments complexes. « [Elle] avait ressenti quelque chose de compliqué à définir. » (Foenkinos D., *La Délicatesse*, Paris, Gallimard, 2009, p. 94) La « virilité presque brutale » (*ibid.*) de ce baiser bouleverse la jeune femme.

Leur relation est singulière et se déroule à rebours d'une relation traditionnelle. Elle démarre en effet par un baiser avant qu'ils ne décident de réellement apprendre à se connaitre. C'est donc par un acte presque « involontaire » – le baiser de Nathalie – que Markus et la jeune femme entament peu à peu une véritable relation amoureuse. Cette rencontre est aussi étonnante que déroutante pour les deux personnages.

Un diner, une soirée au théâtre puis un rendez-vous dans un bar les amènent à se connaitre progressivement. Nathalie découvre en Markus un homme drôle et charmant, plein d'attentions à son égard (il lui offre par exemple un distributeur de Pez qui lui évoque des souvenirs d'enfance et dont elle lui a parlé). Leur relation est simple mais pimentée par l'attitude déroutante de Markus, ce qui donne au personnage un charme et une poésie qui le rendent attachant aux yeux de Nathalie et du lecteur : « Elle avait aimé cette irruption du grotesque. Laisser sa place au serveur, c'était peut-être la meilleure façon de le remettre à sa place. Elle appréciait ce qu'elle considérait comme un moment poétique. » (p. 108) Par ailleurs, la bonté de Markus contraste avec la personnalité de Charles, présenté comme un homme plutôt acariâtre.

L'idylle entre Markus et Nathalie surprend leur entourage professionnel, et plus particulièrement Charles, qui fait tout pour entraver leur relation.

En effet, dès qu'il réalise que Nathalie entretient une liaison avec Markus, il la convoque dans son bureau. Dans un mélange de curiosité et de jalousie, il cherche à connaitre les raisons de l'attachement de Nathalie pour son collègue. Charles conclut rapidement que le sens de l'humour et la perspicacité de Markus sont autant de qualités qui ont su charmer la jeune femme. C'est pourquoi il convoque également ce dernier et va jusqu'à l'inviter au restaurant, dans le but de comprendre pourquoi Nathalie s'intéresse à lui.

Face à la personnalité quelque peu originale de Markus, Charles comprend effectivement pourquoi il plait tant à la jeune femme : « Vous avez un grand sens de l'humour. Vous êtes un génie, vraiment. » (p. 165)

Dès lors, le PDG n'a plus d'autre choix que de séparer géographiquement le couple : « D'une minute à l'autre ton cher Markus va recevoir une proposition très importante.

Une proposition qu'il serait suicidaire de refuser. Seul petit inconvénient, le poste est à Stockholm » (p. 180).

Cette tentative de séparer Markus et Nathalie est cependant un échec et provoque une réaction en chaine : si le jeune homme refuse la proposition, il va également démissionner et frapper Charles. Nathalie, quant à elle, a décidé de quitter l'entreprise sans avertir personne suite à une conversation houleuse avec son patron, durant laquelle ce dernier en vient à invoquer son mari pour l'éloigner de Markus.

Ce départ est l'occasion pour elle de retourner dans sa ville natale, Lisieux (Normandie), où est enterré son mari. Markus décide alors de rejoindre la jeune femme qui l'emmène chez sa grand-mère. Ces murs seront les témoins de la première nuit d'amour du couple.

L'excipit nous peint une partie de cachecaches dans le jardin de Madeleine, la grand-mère de la jeune femme, où l'héroïne a passé de nombreuses années de sa jeunesse. Lors de ce jeu enfantin entre les deux amants, Nathalie s'abandonne complètement à sa relation avec Markus et partage avec lui son passé, scellant ainsi leur relation dans le jardin de son enfance.

NATHALIE

L'auteur dresse, dès l'incipit, un portrait psychologique assez complet de Nathalie, son personnage principal. On apprend qu'elle est discrète, qu'elle aime rire et lire, et qu'elle ne ressent jamais aucune nostalgie, « ce qui est assez rare pour une Nathalie » (p. 11). En effet, selon l'auteur, les Nathalie ont habituellement « une nette tendance à la nostalgie » (*ibid.*). Notons pourtant que notre héroïne semble bien nostalgique lorsque, sortant le distributeur de Pez, elle se remémore un souvenir avec son père, alors qu'« elle ne s'était jamais laissée aller devant lui » (p. 130) :

> « [E]lle sortit alors le Pez de sa poche, et aussitôt, le père eut la même émotion que sa fille. [...] Il y avait dans le Pez toute la tendresse du passé, tout ce qui s'était dilapidé avec le temps [...]. Il y avait dans le Pez, l'idée de son père, l'homme vers qui, enfant, elle aimait courir, sautant dans les bras et une fois tout contre lui, elle pouvait penser à l'avenir avec une furieuse assurance. » (p. 136)

Probablement fille unique (il n'y a aucun indice sur d'éventuels frères et sœurs), Nathalie est proche de sa famille. Elle rend visite à ses parents à deux reprises dans le roman, la première après la mort de François, la seconde après ce cadeau de Markus que l'on peut assimiler à une « madeleine de Proust ». Sa grand-mère normande, Madeleine, joue également un rôle important puisque c'est chez elle que vont Markus et Nathalie après leur fuite de la capitale, permettant à la jeune femme de se replonger dans ses souvenirs d'enfance et de les partager avec Markus. C'est aussi là que le roman prend fin.

Nathalie aime les hommes qui ont de légers défauts physiques : « Physiquement, [François] avait quelque chose qu'elle appréciait chez les hommes : un léger strabisme. » (Gallimard, 2009, p. 15) De la même manière, elle apprécie Markus pour l'ensemble de ce qu'il est, au-delà du physique quelque peu ingrat de cet homme : « Il était doté d'un physique plutôt désagréable, mais on ne pouvait pas dire non plus qu'il était laid. » (*ibid.*, p. 72) De plus, elle semble partager, avec les deux hommes qu'elle aime (François et Markus), des passions communes : citons par exemple le fait que Nathalie et Markus lisent, sans le savoir, le même roman russe. C'est comme si ces deux êtres, à travers ces passages qui se font écho, étaient faits pour être ensemble, étant donné qu'ils ont les mêmes gouts et les mêmes pensées. La notion de destin est ici très prégnante.

Nathalie est également présentée comme une femme très séduisante et qui inspire la sagesse : « [Charles] trouvait que cette femme était sage. » (*ibid.*, p. 24)

FRANÇOIS

François est le mari de Nathalie, décédé brusquement des suites d'un accident de voiture. Il est présenté comme un homme « passionné » (*ibid.*, p. 17) et charmant. Il travaille dans la finance, mais il aurait pu faire n'importe quel métier car « il poss[ède] le charme énervant de ces gens qui peuvent vous vendre n'importe quoi. » (*ibid.*)

C'est lui qui est à l'initiative de la rencontre avec Nathalie en accostant la jeune femme dans la rue. Même s'il apparait quelque peu timoré dans les premières lignes, le narrateur nous détrompe vite : « Bien que nous l'ayons vu presque timide au moment de rencontrer Nathalie, c'[est] un homme plein de vitalité, débordant d'idées et d'énergie. » (*ibid.*)

Il est passionné par les puzzles, qui sont un moyen pour lui de ne pas se disperser et de gérer son énergie débordante dont il ne laisse rien paraitre : « Il aimait plus que tout faire des puzzles. Cela pouvait paraitre étrange, mais rien ne canalisait davantage son bouillonnement que de passer certains samedis à assembler des milliers de morceaux. » (*ibid.*)

Après son décès, le souvenir de François et de leur relation, aussi fugace que parfaite (mais ne serait-elle pas idéalisée ?), rôde constamment dans l'esprit de Nathalie, notamment lorsqu'elle retourne dans tous les endroits importants de leur liaison. On retrouve l'idée que les vraies passions doivent forcément se terminer mal : « Certains pensent bien que la passion a forcément une fin tragique. » (p. 59)

David Foenkinos met ici l'accent sur la passion et le destin. En effet, le personnage de François semble être destiné à Nathalie. Leur rencontre, par exemple, simple fruit du hasard, laisse entendre une forme de prédestination : « Leur évidence devenait presque risible. » (Gallimard, 2009, p. 15)

CHARLES DELAMAIN

Charles est le second personnage masculin à tomber sous le charme de Nathalie. Il a un véritable coup de foudre pour elle dès qu'il aperçoit la photographie sur son *curriculum vitae* :

> « Il était soumis à la tyrannie de sa première impression [...] cet instant où il avait vu son visage sur son CV [...]. Elle était alors apparue, jeune mariée, pâle et hésitante, et quelques secondes plus tard, il lui avait proposé des Krisprolls. Peut-être qu'il était tombé amoureux d'une photo ? » (p. 144)

C'est un homme qui a réussi professionnellement et qui se montre sûr de lui, bien qu'il rencontre des problèmes avec les femmes. Selon lui, son sens de l'humour lui fait défaut : « Charles avait toujours senti que c'était son point faible, qu'il n'avait pas fait assez rire les femmes dans sa vie. Il se demandait même, en pensant à la sienne, s'il n'était pas doté du pouvoir de les rendre sinistres. » (p. 152) Sa propre épouse semble en effet déprimée et reste le plus clair de son temps figée devant la télévision. Leur vie confortable, mais probablement triste (« Laurence n'avait pas ri depuis deux ans », *ibid.*), a eu raison de leur couple.

Ce manque d'humour ne se définit pourtant qu'en contraste avec la personnalité dynamique et drôle de Markus, preuve de l'importance des liens entre les personnages dans la construction de leur personnalité propre.

MARKUS LUNDELL

Markus est un homme au physique peu avantageux qui tombe éperdument amoureux de Nathalie :

> « Il était doté d'un physique plutôt désagréable, mais on ne

pouvait dire non plus qu'il était laid. Il avait toujours une façon de s'habiller un peu particulière : on ne savait pas s'il avait récupéré ses affaires chez son grand-père, à Emmaüs, ou dans une friperie à la mode. Le tout formait un ensemble peu homogène. » (p. 74)

C'est un homme qui vit seul et ne semble pas avoir d'amis proches. Il est à l'image d'Uppsala, sa ville natale, « une ville suédoise qui n'intéresse pas grand monde » (*ibid.*). Aussi n'a-t-il pas un passé amoureux important : il a connu deux femmes qui l'ont toutes deux fait pleurer. Il sera finalement une révélation pour Nathalie et représente, pour la jeune femme, sa troisième « rencontre » amoureuse. C'est un homme naïf et sensible qui ne sait pas quoi faire de ses sentiments. Markus tient également un rôle de clown triste : c'est un homme drôle (souvent sans le vouloir) et intelligent, ce qui surprend Nathalie.

Le baiser de Nathalie rompt la monotonie de sa vie. D'habitude ponctuel, voire psychorigide (il aime « rentrer chez lui à sept heures quinze précises », p. 76), il a désormais envie de « se lever, et descendre à la première station venue, comme ça, juste pour avoir le sentiment de déraper de l'habitude » (*ibid.*). Sa relation avec Nathalie lui permet de révéler sa véritable personnalité, sans quoi le personnage n'a pas beaucoup d'intérêt.

Markus est doté d'une sensibilité presque naïve, ce qui le rend attachant pour le lecteur, comme pour Nathalie. De plus, il partage les mêmes questionnements et les mêmes doutes qu'elle.

CLÉS DE LECTURE

LA DÉLICATESSE, ENTRE ROMANCE ET RÉALISME

Le roman de David Foenkinos s'inscrit, de prime abord, dans un élan romanesque. De par ses thèmes, *La Délicatesse* donne à lire une aventure amoureuse dont l'intrigue est des plus classique. Une femme charmante, qui sombre dans le désespoir amoureux après la perte de son mari, connait un retour à la vie initié, ou du moins accompagné, par les différents hommes qu'elle rencontre. Si la thématique de l'amour est donc omniprésente tout au long du roman, il est malaisé de classer *La Délicatesse,* qui ne s'inscrit pas dans la lignée des célèbres romans « Harlequin », dans la catégorie des romans sentimentaux.

LE ROMAN SENTIMENTAL

Le genre du roman d'amour comme littérature « populaire » nait au XIXᵉ siècle, époque durant laquelle il se popularise pour devenir littérature de genre, et s'épanouit dans la presse avant de se diffuser dans des collections autonomes. C'est principalement l'émergence d'un public féminin spécifique qui a permis cet essor. Basé sur un conflit amoureux qui impose des obstacles aux protagonistes, ce genre littéraire voit généralement triompher l'amour dans ses dernières pages. Cette littérature populaire est aujourd'hui largement représentée par les romans dits « Harlequin », du nom de la maison d'édition des années 1980 qui a connu un grand succès commercial et a permis son expansion. Ils sont aujourd'hui aussi massivement lus que déconsidérés.

En effet, les liaisons amoureuses de Nathalie ne définissent pas l'ensemble de l'intrigue. Selon l'étude d'Ellen Constans, un roman sentimental est centré sur une seule histoire amoureuse. Or, dans *La Délicatesse*, l'auteur nous décrit trois des relations sentimentales de Nathalie.

Ainsi ne s'agit-il pas ici de l'histoire d'un couple mais bien de celle d'une femme endeuillée qui tente de se reconstruire. La thématique amoureuse ne définit donc pas le genre du roman, qui semble plutôt tendre vers une veine réaliste.

LE RÉALISME

Le courant littéraire réaliste nait dans la seconde moitié du XIXe siècle avec, notamment, la publication de *Madame Bovary* (1857) de Flaubert (écrivain français, 1821-1880). Le réalisme se définit par son écriture impersonnelle visant l'objectivité, l'importance accordée à la documentation, l'idée de vraisemblance et les sujets de la vie quotidienne.

Le style très épuré, parfois laconique, de *La Délicatesse* peut être perçu comme une forme d'impersonnalité visant à une objectivité maximale. Il en est de même pour l'introduction de listes et autres extraits qui sont représentatifs de sujets de la vie quotidienne, même les plus triviaux (horaire de train, posologie, recette de cuisine, signes astrologiques des personnages, etc.). L'objectivité du courant réaliste est d'autant plus présente que le narrateur est extradiégétique (extérieur au récit). L'histoire est donc racontée sans la subjectivité qu'un narrateur homodiégétique (acteur de l'histoire) peut introduire au sein d'un récit.

Cette veine réaliste du roman se heurte pourtant à une forme de sentimentalisme. En effet, les émotions des personnages sont souvent mises en avant tout au long du récit, ce qui va à l'encontre des caractéristiques premières du réalisme.

De plus, bien que favorisant une forme de réalisme, les nombreux sous-chapitres pragmatiques qui entrecoupent le récit sont souvent en lien avec ce qui précède. Ils permettent de donner un complément d'information sur un évènement ou un personnage. De ce point de vue, le fractionnement du récit participe à la profondeur des personnages. En voici un exemple significatif :

> « *Extrait d'analyse du tableau* Le Baiser [1908] *de Gustave Klimt* [peintre symboliste autrichien, 1862-1918]
> La plupart des œuvres de Klimt peuvent donner lieu à quantité d'interprétations, mais son utilisation antérieure du thème du couple enlacé dans la frise Beethoven et la frise Stoclet permet de voir dans *Le Baiser* l'ultime accomplissement de la quête humaine du bonheur. » (Gallimard, 2009, p. 77)

Si ce sous-chapitre semble relater un fait de la vie quotidienne sans rapport avec la diégèse, la mention de l'œuvre de Klimt est aussi une manière de gloser le baiser de Nathalie et Markus, un baiser dont on perçoit l'importance dans cet extrait. En effet, il est fait mention de la quête du bonheur, menée à bien par un simple baiser. Le premier baiser de Nathalie et Markus est perçu, après la lecture de ce sous-chapitre, comme annonciateur d'une histoire amoureuse plus importante et qui ira bien au-delà d'un simple baiser volé.

Reste que ce roman, qui s'inspire d'une certaine veine réaliste et du romantisme romanesque, s'inscrit pleinement dans la littérature populaire (c'est-à-dire appréciée du plus grand nombre), qui se veut avant tout accessible et divertissante.

LA THÉMATIQUE DU DEUIL

L'auteur, à travers une écriture accordant une grande place aux sentiments, nous présente une jeune veuve, Nathalie, qui traverse les différentes étapes du deuil, thème qui apparait dès lors central. Selon les travaux d'Élisabeth Kübler-Ross (psychiatre et psychologue américaine, 1926-2004), le deuil comporte en effet cinq étapes par lesquelles passe également l'héroïne, du moins en partie :

- **le déni** : « Pendant des semaines elle avait eu cette attitude presque folle : nier la mort » (p. 42). Au cours de cette phase de déni, la douleur éprouvée par la jeune femme est perceptible mais pas encore réellement abordée dans cette partie du roman. Elle est comme anesthésiée par le manque de réalisme que Nathalie, « abrutie de calmants » (Gallimard, 2009, p. 35), confère à la situation ;

- **la colère puis la culpabilité** : lors de cette phase, la réalité de la mort frappe la personne endeuillée de manière très concrète. Face à cette prise de conscience, la colère est une réaction naturelle. À cette colère se couple parfois un sentiment de culpabilité :

> « Elle éprouvait encore tant de culpabilité, absurde culpabilité, en repensant au dimanche de la mort de son mari. Elle aurait dû le retenir, l'empêcher d'aller courir. N'est-ce pas le rôle d'une femme ? Faire en sorte que les hommes arrêtent de courir. Elle aurait dû le retenir, l'embrasser, l'aimer. Elle aurait dû poser son livre, interrompre sa lecture au lieu de le laisser briser sa vie. » (p. 181)

- **le marchandage** : cette étape pousse les personnes endeuillées à promettre certaines choses afin de faire revenir l'être aimé. Nathalie ne semble pourtant pas passer par ce stade ;
- **la dépression** : « Elle se mettait au bord de la chaussée, et observait le passage des voitures. Pourquoi ne se tuerait-elle pas au même endroit ? Pourquoi ne pas mélanger les traces de leurs sangs dans une dernière union morbide ? » (p. 42-43) La jeune femme, dans un état avancé de dépression, reste alors enfermée chez elle. Son seul désir est la solitude et personne ne peut l'aider à surmonter la douleur qu'elle affronte à ce moment-là : « Elle comprit qu'elle ne pourrait rien vivre qui puisse lui faire oublier sa mort. » (Gallimard, 2009, p. 36) ;
- **l'acceptation** : lorsque Nathalie emmène Markus sur la

tombe de François, cet acte signifie qu'elle passe à autre chose et qu'elle accepte de dire adieu à son premier amour. Nathalie avance dans sa vie de femme et est désormais prête à s'engager avec quelqu'un d'autre.

Si l'écriture de Foenkinos laisse une grande place à ces différents sentiments, l'auteur tente également de montrer qu'il est difficile de l'exprimer. Les sujets abordés par les différentes citations (dialogues de films, extraits de chansons, posologie, etc.) semblent sans rapport avec la gravité du thème abordé tout au long du récit :

> « *Extrait de la posologie du Guronsan*
> États de fatigue passagers de l'adulte. » (*ibid.*, p. 109)

> « *Titre d'un tableau de Kazimir Malevitch* [artiste russe d'origine polonaise, 1878-1935]
> Carré blanc sur fond blanc (1918). » (*ibid.*, p. 81)

Cependant, ces différents extraits ont une grande profondeur lorsqu'ils sont mis en lien avec les chapitres qui les entourent. La posologie, par exemple, est une manière de faire comprendre au lecteur les sentiments de Nathalie : elle est épuisée par la douleur et son état nécessite une médication.

Ce style très épuré est donc une manière de répondre à la thématique du deuil dont il est difficile de parler. L'auteur dira, lors d'un entretien avec Catherine Parayre : « C'est simplement qu'il y a des moments dans la vie où il n'y a rien à dire. C'est le cas face à la douleur. Quand on est face à quelqu'un qui vient de perdre un être proche, il n'y a rien à dire. Alors je n'écris rien. » (PARAYRE C., « De Nathalie à la mort », in *Voix Plurielles*, n° 1, vol. 10, 2013) Les phrases courtes, voire laconiques, et sans fioritures participent également à cette impression d'impuissance du langage face au deuil : « On le mit en terre, et ce fut tout. » (*ibid.*, p. 36)

LE RETOUR À LA VIE ET LA QUÊTE DE L'AMOUR VÉRITABLE

Nathalie, bien que submergée par la douleur du deuil, n'en mène pas moins un véritable combat pour la vie tout au long du roman. Nathalie s'est éteinte suite à la mort de son mari et ce sont ses relations avec Charles et Markus qui vont la faire renaitre.

Cette quête de la vie ne peut se résoudre que par l'apprentissage de l'amour de soi. En effet, il semble que Nathalie ne soit plus réellement connectée à ses propres sensations. Apathique, elle en vient même à s'imaginer se suicidant à l'endroit même où son mari s'est fait renverser. Cette rupture forte de l'héroïne avec sa propre intériorité s'explique, notamment, par un besoin fondamental non réalisé : le besoin d'amour.

En effet, la théorie des besoins selon Maslow (psychologue américain, 1908-1970) explique en partie la psychologie particulière du personnage de Nathalie. La célèbre pyramide des besoins du psychologue américain nous apprend que les besoins humains sont hiérarchisés comme suit : les besoins physiologiques, le besoin de sécurité, d'appartenance et d'amour, d'estime et enfin d'accomplissement de soi.

Cette hiérarchisation explique pourquoi Nathalie cesse de vivre après la mort de son mari. Le besoin d'amour est essentiel à la vie humaine et Nathalie a vécu un drame qui l'a coupée momentanément de toutes formes de réalisation de ce besoin. Ce n'est qu'en surmontant le deuil, dans une phase d'acceptation, qu'elle pourra à nouveau s'ouvrir aux autres.

Après une phase de profonde dépression, c'est par le travail que Nathalie recommence à vivre. Même si la douleur est présente à tout moment, le travail – et par extension, l'amour que lui porte son patron – est une manière pour elle de recommencer à vivre. Sans l'amour de Charles, Nathalie n'aurait pas pu affronter le deuil. L'amour que lui porte Markus va ensuite ouvrir réellement la jeune femme aux autres et à l'amour de soi. Avec Markus, elle cesse peu à peu de tenir ses sentiments à l'écart et s'abandonne à l'amour jusqu'à l'atteindre :

> « Elle avait voulu mourir, elle avait tenté de respirer, elle avait réussi à respirer, puis à manger, [...] et puis le temps avait passé avec cette énergie boiteuse de la reconstruction, jusqu'au jour où elle était sortie dans ce bar, [...] mais elle avait fui, ne supportant pas le manège de la séduction, [...] le lendemain pourtant, elle s'était mise à marcher sur la moquette, [...] elle avait ressenti son corps comme un objet de désir, ses formes et ses hanches, [...] tout cela avait été subi, la naissance sans annonce d'une sensation, d'une force lumineuse. » (Gallimard, 2009, p. 82)

Si le deuil l'a d'abord plongée dans le désespoir (elle voulait « mourir »), elle a ensuite recommencé à « respirer » et à

« manger », des besoins physiologiques fondamentaux. C'est seulement après cette première étape que Nathalie a repris le travail, un lieu de socialisation essentiel à la vie adulte. Elle s'est toutefois refusée au jeu de la séduction, c'est-à-dire à l'amour d'autrui. Pour finir, et avant d'entamer une relation amoureuse, Nathalie a retrouvé des sensations qui s'apparentent au désir et à la séduction féminine. Forte de cette reconstruction partielle, elle peut véritablement renaitre, retrouver la « force » nécessaire pour reconstruire une relation amoureuse. C'est là qu'intervient Markus, l'homme qui va l'accompagner dans sa quête finale de reconstruction de soi.

Ici encore, le roman oscille entre le stéréotype associé à la littérature populaire dite « de gare » et la modernité d'un récit dans lequel la femme est le seul moteur de sa renaissance.

Ainsi, les trois hommes de la vie de Nathalie sont autant d'étapes vers cette quête de l'amour véritable que le roman porte tout au long du récit. Une quête qui est aidée par le destin. Le hasard des rencontres fait bien les choses puisque Nathalie et François se croisent dans la rue et sont immédiatement attirés l'un vers l'autre. Le fait que le patron de Nathalie, Charles, soit là au moment où elle a besoin de son travail pour continuer à avancer est également une manière de faire jouer le destin. L'amour de son patron n'est certes pas partagé mais il est là au moment le plus opportun. Enfin, la rencontre de Nathalie avec Markus marque à quel point le destin lie les différents personnages de l'histoire. Il semble que la rencontre de ces deux amants que tout oppose (l'un Suédois au physique ingrat, l'autre belle jeune femme française) était prédestinée.

LA FORCE DE LA DIFFÉRENCE

La Délicatesse peint une héroïne qui ne fait pas ses choix en fonction de la *doxa*, c'est-à-dire l'« ensemble des opinions communes aux membres d'une société et qui sont relatives à un comportement social » (« Doxa », in *larousse.fr*, consulté le 19 avril 2017).

En effet, Nathalie n'attache apparemment pas d'importance à la beauté extérieure, et c'est justement ce qui facilite ses rapports avec Markus. Le fait que l'auteur nous le présente à travers le regard des autres, et plus particulièrement à travers les yeux de ses collègues de travail, met encore davantage l'accent sur son manque de beauté, voire le fait apparaitre comme quelqu'un de repoussant, comme c'est le cas dans cet extrait où Charles livre ses pensées :

> « Mais comment est-ce possible ? Il est repoussant… il n'a pas de forme… il est mou, ça se voit qu'il est mou… ah non, ce n'est pas possible… puis il a une façon de regarder les gens, en biais… ah non, quelle horreur… pas du tout Nathalie, cet homme… rien du tout, non, non… ah ça me dégoûte. » (p. 152)

Markus puise en réalité sa force dans la simplicité et la délicatesse avec lesquelles il envisage la vie et les relations avec les autres. Au-delà de son apparence physique, Markus est présenté comme un homme drôle, doux et sensible, et c'est bien ce qui semble le plus important : « Il y avait quelque chose de très doux et de simplement touchant chez Markus, un mélange de force qui rassure et de faiblesse attendrissante. » (p. 92)

Ainsi, ce sont ses qualités morales qui lui donnent une vraie puissance, bien plus grande que celle de Charles, qui a la beauté, mais pas la « bonté » :

> « C'est vrai ça, vous êtes gentil... ça se voit... dans votre façon de me regarder... vous ne jugez pas... je comprends tout... je comprends tout maintenant... [...] Plus je vous vois, plus je comprends tout ce que je ne suis pas. [...] Vous avez un grand sens de l'humour. Vous êtes un génie, vraiment. Il y a eu Marx, Einstein, et maintenant il y a vous. » (Gallimard, 2009, p. 164)

Ainsi, Markus représente pour Nathalie ce que les autres hommes ne sont pas.

Dès lors, dans le roman, non seulement la différence est perçue comme une force, mais, en outre, le culte de l'apparence est dénoncé : c'est l'intériorité des personnes qui compte, et non leur aspect physique. C'est peut-être ce style épuré et direct, touchant et délicat (voire quelque peu naïf ?), qui met à l'honneur l'amour et la simplicité des sentiments, qui a fait le succès de ce roman.

PISTES DE RÉFLEXION

QUELQUES QUESTIONS POUR APPROFONDIR SA RÉFLEXION...

- En quoi le style épuré de l'auteur (phrases courtes et laconiques) participe-t-il à la diégèse du roman ?
- Quelles sont les caractéristiques du roman qui peuvent être qualifiées de réaliste ?
- Étudiez l'incipit et l'excipit. En quoi se font-ils écho ?
- De nombreux passages fonctionnent comme des miroirs entre les personnages. En quoi peuvent-ils être les symptômes d'une prédestination amoureuse ?
- En quoi les interventions du narrateur dans le roman peuvent-ils rappeler l'écriture d'un journal intime ?
- Expliquez le titre.
- En quoi peut-on qualifier cette œuvre de roman moderne ?
- Étudiez la thématique du baiser dans l'œuvre, ainsi que les représentations littéraires et artistiques qui semblent y être liées.
- Comparez ce roman avec *Le Mec de la tombe d'à côté* (1998) de Katarina Mazetti (journaliste et écrivaine suédoise, née en 1944). Quels sont les points communs entre les deux œuvres ?
- Cette œuvre a fait l'objet d'une adaptation cinématographique par David Foenkinos lui-même avec son frère, Stéphane. Comparez le livre au film.

Votre avis nous intéresse !
Laissez un commentaire sur le site de votre librairie en ligne
et partagez vos coups de cœur sur les réseaux sociaux !

POUR ALLER PLUS LOIN

ÉDITION DE RÉFÉRENCE

- Foenkinos D., *La Délicatesse*, Paris, Gallimard, coll. « Folio », 2011.

ÉTUDES DE RÉFÉRENCE

- Constans E., *Parlez-moi d'amour: le roman sentimental : des romans grecs aux collections de l'an 2000*, Limoges, Presses Universitaires de Limoges, 1999.
- « Doxa », in *larousse.fr*, consulté le 19 avril 2017, http://www.larousse.fr/dictionnaires/francais/doxa/26675
- Kessler D. et Kübler-Ross E., *Sur le chagrin et sur le deuil*, Paris, Pocket, coll. « Évolution », 2011.
- Maslow A., *Devenir le meilleur de soi : Besoins fondamentaux, motivation et personnalité*, Paris, Eyrolles, 2013.
- Parayre C., « De Nathalie à la mort », in *Voix Plurielles*, n° 1, vol. 10, 2013.
- « Roman sentimental », in *Larousse.fr*, consulté le 19 avril 2017, http://www.larousse.fr/encyclopedie/litterature/roman_sentimental/176593

ADAPTATION

- *La Délicatesse*, film de Stéphane et David Foenkinos, avec Audrey Tautou dans le rôle de Nathalie et François Damiens dans celui de Markus, France, 2011.

SUR LEPETITLITTÉRAIRE.FR

- Fiche de lecture sur *Charlotte* de David Foenkinos.
- Fiche de lecture sur *Les Souvenirs* de David Foenkinos.

Retrouvez notre offre complète sur lePetitLittéraire.fr

- des fiches de lectures
- des commentaires littéraires
- des questionnaires de lecture
- des résumés

ANOUILH
- Antigone

AUSTEN
- Orgueil et Préjugés

BALZAC
- Eugénie Grandet
- Le Père Goriot
- Illusions perdues

BARJAVEL
- La Nuit des temps

BEAUMARCHAIS
- Le Mariage de Figaro

BECKETT
- En attendant Godot

BRETON
- Nadja

CAMUS
- La Peste
- Les Justes
- L'Étranger

CARRÈRE
- Limonov

CÉLINE
- Voyage au bout de la nuit

CERVANTÈS
- Don Quichotte de la Manche

CHATEAUBRIAND
- Mémoires d'outre-tombe

CHODERLOS DE LACLOS
- Les Liaisons dangereuses

CHRÉTIEN DE TROYES
- Yvain ou le Chevalier au lion

CHRISTIE
- Dix Petits Nègres

CLAUDEL
- La Petite Fille de Monsieur Linh
- Le Rapport de Brodeck

COELHO
- L'Alchimiste

CONAN DOYLE
- Le Chien des Baskerville

DAI SIJIE
- Balzac et la Petite Tailleuse chinoise

DE GAULLE
- Mémoires de guerre III. Le Salut. 1944-1946

DE VIGAN
- No et moi

DICKER
- La Vérité sur l'affaire Harry Quebert

DIDEROT
- Supplément au Voyage de Bougainville

DUMAS
- Les Trois
  Mousquetaires

ÉNARD
- Parlez-leur
  de batailles,
  de rois et
  d'éléphants

FERRARI
- Le Sermon sur la
  chute de Rome

FLAUBERT
- Madame Bovary

FRANK
- Journal
  d'Anne Frank

FRED VARGAS
- Pars vite et
  reviens tard

GARY
- La Vie devant soi

GAUDÉ
- La Mort du
  roi Tsongor
- Le Soleil des
  Scorta

GAUTIER
- La Morte
  amoureuse
- Le Capitaine
  Fracasse

GAVALDA
- 35 kilos d'espoir

GIDE
- Les
  Faux-Monnayeurs

GIONO
- Le Grand
  Troupeau
- Le Hussard
  sur le toit

GIRAUDOUX
- La guerre de
  Troie
  n'aura pas lieu

GOLDING
- Sa Majesté des
  Mouches

GRIMBERT
- Un secret

HEMINGWAY
- Le Vieil Homme
  et la Mer

HESSEL
- Indignez-vous !

HOMÈRE
- L'Odyssée

HUGO
- Le Dernier Jour
  d'un condamné
- Les Misérables
- Notre-Dame
  de Paris

HUXLEY
- Le Meilleur
  des mondes

IONESCO
- Rhinocéros
- La Cantatrice
  chauve

JARY
- Ubu roi

JENNI
- L'Art français
  de la guerre

JOFFO
- Un sac de billes

KAFKA
- La Métamorphose

KEROUAC
- Sur la route

KESSEL
- Le Lion

LARSSON
- Millenium 1. Les
  hommes qui
  n'aimaient pas
  les femmes

LE CLÉZIO
- Mondo

LEVI
- Si c'est un
  homme

LEVY
- Et si c'était vrai…

MAALOUF
- Léon l'Africain

MALRAUX
- La Condition humaine

MARIVAUX
- La Double Inconstance
- Le Jeu de l'amour et du hasard

MARTINEZ
- Du domaine des murmures

MAUPASSANT
- Boule de suif
- Le Horla
- Une vie

MAURIAC
- Le Nœud de vipères

MAURIAC
- Le Sagouin

MÉRIMÉE
- Tamango
- Colomba

MERLE
- La mort est mon métier

MOLIÈRE
- Le Misanthrope
- L'Avare
- Le Bourgeois gentilhomme

MONTAIGNE
- Essais

MORPURGO
- Le Roi Arthur

MUSSET
- Lorenzaccio

MUSSO
- Que serais-je sans toi ?

NOTHOMB
- Stupeur et Tremblements

ORWELL
- La Ferme des animaux
- 1984

PAGNOL
- La Gloire de mon père

PANCOL
- Les Yeux jaunes des crocodiles

PASCAL
- Pensées

PENNAC
- Au bonheur des ogres

POE
- La Chute de la maison Usher

PROUST
- Du côté de chez Swann

QUENEAU
- Zazie dans le métro

QUIGNARD
- Tous les matins du monde

RABELAIS
- Gargantua

RACINE
- Andromaque
- Britannicus
- Phèdre

ROUSSEAU
- Confessions

ROSTAND
- Cyrano de Bergerac

ROWLING
- Harry Potter à l'école des sorciers

SAINT-EXUPÉRY
- Le Petit Prince
- Vol de nuit

SARTRE
- Huis clos
- La Nausée
- Les Mouches

SCHLINK
- Le Liseur

SCHMITT
- La Part de l'autre
- Oscar et la Dame rose

SEPULVEDA
- Le Vieux qui lisait des romans d'amour

SHAKESPEARE
- Roméo et Juliette

SIMENON
- Le Chien jaune

STEEMAN
- L'Assassin habite au 21

STEINBECK
- Des souris et des hommes

STENDHAL
- Le Rouge et le Noir

STEVENSON
- L'Île au trésor

SÜSKIND
- Le Parfum

TOLSTOÏ
- Anna Karénine

TOURNIER
- Vendredi ou la Vie sauvage

TOUSSAINT
- Fuir

UHLMAN
- L'Ami retrouvé

VERNE
- Le Tour du monde en 80 jours
- Vingt mille lieues sous les mers
- Voyage au centre de la terre

VIAN
- L'Écume des jours

VOLTAIRE
- Candide

WELLS
- La Guerre des mondes

YOURCENAR
- Mémoires d'Hadrien

ZOLA
- Au bonheur des dames
- L'Assommoir
- Germinal

ZWEIG
- Le Joueur d'échecs

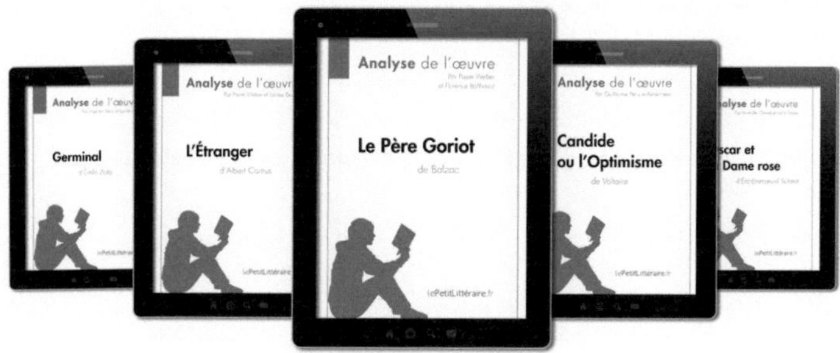

www.lepetitlitteraire.fr

ISBN version numérique : 978-2-8062-3726-2
ISBN version papier : 978-2-8062-3753-8
Dépôt légal : D/2013/12603/20

Avec la collaboration de Marie-Sophie Wauquez pour les chapitres « *La Délicatesse* : entre romance et réalisme » et « Le retour à la vie et la quête de l'amour véritable ».

Conception numérique · Primento,
le partenaire numérique des éditeurs.

Ce titre a été réalisé avec le soutien de la Fédération Wallonie-Bruxelles, Service général des Lettres et du Livre.